残《のこん》の月

大道寺将司句集

太田出版

残《のこん》の月

大道寺将司句集

目次

二〇一二年

凍《し》みる地に撒かれしままの放射能

生きてあることの宜《よろ》しくづくの鳴く

結《むす》ぼるる思ひの解《と》くる今朝の雪

＊づく＝木菟《みみづく》、ミミズク

大寒《だいかん》の空のはたての蒼さかな
咳《しわぶ》くとふぐり重たくなりにけり
深雪《しんせつ》の覆ひ隠せる野面《のづら》かな

＊はたて＝はて

余寒《よかん》なほ蜒蜒《えんえん》続く瓦礫かな

削られし表土《ひょうど》の嵩《かさ》や冴え返る

衣更着《きさらぎ》の驕《おご》りて歪む背《そびら》かな

＊衣更着＝如月、旧暦の二月

二〇一二年

蝿《はえ》生れ革命の実を食ひ尽す

啓蟄《けいちつ》となるも弾《はず》まぬ思ひかな

海嘯《かいしょう》の跡料峭《あとりょうしょう》の地にしるし

＊啓蟄＝二十四節気の一つ、三月六日頃
＊海嘯＝津波
＊料峭＝春の寒さ

猫の子の這ひ出る外の広さかな

風冴《さ》ゆる彼岸の入りとなりにけり

翳《かげ》りゆく春の朝《あした》の荒地《あれち》かな

二〇一二年

きれぎれの一生涯よひこばゆる
いくそたび告げられし死ぞ草青《あお》む
なりにしは朧《おぼろ》の闇やテロリズム

＊ひこばゆる＝切り株や根元から若芽が出る
＊いくそたび＝何度も、いくたび

塵垢《じんこう》に初花《はつはな》塗《まみ》れそめにけり

花冷えやただあてびとを仰ぐ群

鬼門《きもん》越す骸《むくろ》を花の見送れり

＊塵垢＝塵《ちり》と垢《あか》、俗事

＊初花＝その年に初めて咲く桜

＊あてびと＝官位などが高い者

＊鬼門＝忌み避けるべき方角、北東の隅

ふるふると影を振り撒く桜かな

消しきらぬ黒き波跡《なみあと》花の朝

なり見えぬものこそ恐《こわ》し花けぶる

＊なり＝物のかたち

収まらぬ建屋の内《なか》や散る桜

夜桜の見る人もなく咲き満てり

屍《かばね》伏す地に数多重《あまたえ》の花吹雪

花屑《はなくず》やはつかに傾《かし》ぐムンクの絵
花の朝のんどをごきと潰《つぶ》されし
叶《かな》ふなら身にてあれかし蛇の衣《きぬ》

＊はつか＝わずか
＊のんど＝喉

日溜りに背《そむ》きて廻《めぐ》る蚊喰鳥《かくいどり》

いたつきの篤《あつ》くも親し青嵐《あおあらし》

くちなはや命奪ひて息衝《いきづ》けり

＊蚊喰鳥＝コウモリ
＊いたつき＝病気
＊青嵐＝青葉の頃に吹き渡る、やや強い風
＊くちなは＝蛇

蝙蝠《こうもり》のあだし世をさかしまに見ぬ

螻蛄《けら》よりも無為に存《なが》へゐたるかな

蟻《あり》の列葬送のごと進みけり

＊あだし世＝無常の世
＊螻蛄＝オケラ、土の中で作物の根を食う虫

団扇風《うちわかぜ》受けてさ迷ふこともなし

帷子《かたびら》の病衣《びょうい》の日々に染《し》みにけり

波荒き暗礁《いくり》に立てる海《うみ》鵜《う》かな

＊帷子＝夏向きの、ひとえの和服

雨舐《ねぶ》る十薬《じゅうやく》をわが灯《あかし》とす

シリア

卯《う》の花腐《はなくた》しちさき紙面にをさなの死

砲撃の跡黒々とぶよの螫《さ》す

二〇一二年

＊十薬＝ドクダミ
＊卯の花腐し＝旧暦の四月頃に降り続く雨
＊ちさき＝小さい
＊をさな＝子ども
＊ぶよ＝蚊に似たブユ科の小さな昆虫

短夜《みじかよ》の咎《とが》責むる声跡切《とぎ》れなし

蔦《つた》茂る原発停止《ちょうじ》三回《さんまわ》り

文字持たぬ民の蕃茄《あかなす》熟れにけり

＊蕃茄＝トマト

辺見庸さんから来信

左手の書字《しょじ》の端書《はがき》や梅雨もなか

水無月《みなづき》の朝《あした》休薬《きゅうやく》近付きぬ

雨蛙《あまがえる》塵外《じんがい》の木に憑《よ》りつけり

＊水無月＝旧暦の六月
＊塵外＝俗世間の外

大飯原発再稼働

五月雨《さみだ》るるフクシマすでに忘らるる

紫陽花《あじさい》や詫《わ》ぶる言葉に実《じつ》のなく

余力もて炎暑蹴飛ばす意気地《いくじ》なり

雹《ひょう》打ちて無政府主義の懐かしき

炎天に溢るる悔《くい》の無間《むけん》なり

雲海に落人《おちゅうど》の影消えにけり

贖物《あがもの》は身ひとつなりぬ断腸花《だんちょうか》

尖閣での応酬

南海に上げらるる旗秋暑し

野分《のわき》立ち舌骨《ぜっこつ》二片《にへん》滑落《かつらく》す

＊贖物＝罪の償いとしての財物

＊断腸花＝うつむきがちに淡紅の花をつける秋《しゅう》海棠《かいどう》

＊野分＝秋の強風

二〇一二年

竜胆《りんどう》の朝《あした》すがりていたるかな

明くる日のことは判らずいぼむしり

寝かされて舌尖《ぜっせん》長し稲びかり

＊竜胆＝秋に咲くリンドウ科の青紫の花
＊すがり＝尽き、衰え
＊いぼむしり＝カマキリ
＊舌尖＝舌の先

秋天《しゅうてん》に掛け渡したる鯨幕《くじらまく》

霧笛鳴く勿来《なこそ》を駈くる駝鳥《だちょう》かな

近づきし跫音《あしおと》霧に吸はれけり

＊鯨幕＝葬儀などに使う黒と白の縦縞の幕
＊勿来＝福島県いわき市

燕《つばめ》去り息衝《いきづ》きの声定まらず

ゆくすゑは土塊《つちくれ》ひとつ穴惑《あなまどい》

鰡《ぼら》の湧く海繋がるや水の星

＊穴惑＝晩秋になっても
冬眠の穴に入らない蛇

望月《もちづき》の侏儒《しゅじゅ》を葉陰に隠しけり

稲妻や荒ぶれど今ぞ儚《はかな》き

戦《そよ》ぎ臥《ふ》す命跡切《とぎ》れし秋の蟬《せみ》

＊望月＝旧暦八月十五日の中秋の月
＊侏儒＝一寸法師

二〇一二年

散らされし牛の野晒《のざら》し星流る

水澄みて晩鐘《ばんしょう》の声響きけり
ピーテル・デ・ホーホ『デルフトの中庭』

常ならぬ身となりぬるや吾亦紅《われもこう》

＊晩鐘＝夕暮れの鐘
＊吾亦紅＝山野で暗赤色の花穂をたくさんつける多年草

求むれど木犀《もくせい》の香《か》の失《う》せにけり

領土領海国難愛国おけら鳴く

みはるかす水天一碧《すいてんいっぺき》鳥渡る

＊木犀＝仲秋の頃に小花をつけるキンモクセイ
＊水天一碧＝水と空が一続きになり青々としている

宵闇の墨色捩《よじ》れそめにけり

長き夜の枕辺《まくらべ》に立つ闇ぞ濃き

あかぼしの影に長短《ちょうたん》きつ啼《な》けり

＊あかぼし＝明星、金星
＊きつ＝キツネ

世の隅に隠れもならず残る虫

狼は繋《つな》がれ雲は迷ひけり

漂へる綿虫《わたむし》のはて還《かえ》るさき

＊綿虫＝白い綿のような分泌物を付けて飛ぶ小さな昆虫

危《あや》めたる吾が背に掛かる痛みかな

小康を得し極月《ごくげつ》の空明かし

煤掃《すすはき》の済みて身罷《みまか》るあくるあさ

＊極月＝師走
＊身罷る＝死ぬ

勇ましき虚言を発し着膨れぬ
寒風《かんぷう》に歪む骨身を押しゆけり
北吹くや地の涯《はて》からのこゑひとつ

＊こゑ＝声

開錠《かいじょう》に枯野の夢を終へにけり

裸木《はだかぎ》の描くいぶせき文字《もんじ》かな

虎落笛《もがりぶえ》有漏《うろ》のめぐりに吹き募る

＊開錠＝独房の鉄扉が開けられること
＊いぶせき＝気味が悪い
＊虎落笛＝強い冬の北風が竹垣などに当たって鳴る音
＊有漏＝俗人

年惜しむ虚《うつ》ろな闇を抱きては

二〇一三年

元朝《がんちょう》の山河照らすや去年《こぞ》の月

灯の消えし辺《へ》にしらしらと月冴《さ》ゆる

初雪やはかなきものを秘するごと

＊元朝＝元日の朝

二〇一三年

そこばくの過《あやま》ち著《しる》し枯葎《かれむぐら》
騒がしき世に柊《ひいらぎ》の花薫る
被曝せる獣らの眼に寒昴《かんすばる》

＊そこばく＝いくらか
＊枯葎＝夏は茂って藪になるが、冬には見る影もない野草

震災の凍土を止《とど》め燥《はしゃ》ぎけり

アプサント《ドガ》のをんな物憂し寒《かん》の雨

沈澱《おどみ》濃き海の小志《しょうし》や寒海鼠《かんなまこ》

＊をんな＝女

春を待つ狭き視界の車椅子

臘梅《ろうばい》の香を結《す》く昨夜《よべ》の雨雫《あましずく》

ヴェーラ・ザスーリチを思ひ

石畳咬《か》む音近く冴返《さえかえ》る

二〇一三年

＊臘梅＝ろう細工のような香りのよい花をつける低木

沈丁《じんちょう》の香《か》に甦る黒き濤《なみ》
風鳴かば風に身の添ふ花辛夷《はなこぶし》
淡雪《あわゆき》の声消ゆるごと海に落つ

＊沈丁＝香りの強いジンチョウゲの花
＊花辛夷＝春先に山野で白い花を開くモクレン科の高木
＊淡雪＝降ってもすぐに解ける春の雪

二〇一三年

狂ひしは海波《かいは》か吾《われ》か蠅生《はえうま》る

夢の世にあとかたもなし竹の秋

涅槃西風《ねはんにし》無人の家の朽《く》ちにけり

＊竹の秋＝秋のように竹の葉が黄ばんでくる四月頃

＊涅槃西風＝涅槃会《え》（旧暦二月十五日）頃に吹く西風

朧《おぼろ》夜《よ》や凪《な》ぎてむくろの深眠り

山をなす瓦礫越えゆき卒業す

さきはひも苦難も知らず捨て仔猫

＊さきはひ＝幸い

霞《かすみ》たつ沖の海市《かいし》に澪《みお》なせり
あやかしの賑《にぎわ》ひに似る花吹雪
山焼くや中天《ちゅうてん》の闇焦がすまで

＊海市＝蜃気楼
＊澪＝船の通行に適した深い水路

まゆみさん御母堂

眠るまま朧《おぼろ》のなかに移りけり

日の出見ぬ時の到らむしやぼん玉

蛇穴《へびあな》を出《い》づるゆくたて忘《ぼう》じけり

＊蛇穴を出づ＝冬眠していた蛇が穴を出る
＊ゆくたて＝なりゆき

加害せる吾《われ》花冷えのなかにあり
いそぎんちやく暗夜《あんや》にひとり息をつぐ
漕ぐ人もなき鞦韆《しゅうせん》の揺れにけり

二〇一三年

＊鞦韆＝ブランコ

ひそやかに骨の泣く音《ね》や春の霜《しも》

ざわざわと九段の杜《もり》のかげろひぬ

僻目《ひがめ》してうつつなき世を蛙啼《かわずな》く

＊かげろひぬ＝陽炎《かげろう》が立つ

＊僻目＝すが目、よそ見

床落《ゆかお》ちて虻《あぶ》の羽音をかなしめり
いろづきて勿忘草《わすれなぐさ》となりにけり
声かぎりものいへど蟾蜍《ひき》にとどかず

「蟇誰かものいへ声かぎり」　加藤楸邨

＊勿忘草＝晩春に咲く、るり色の小さな花
＊蟾蜍＝蟇《ひきがえる》

九条も螻蛄《けら》の生死《しょうじ》も軽からず
さみだるる被曝の闇の歪みをり
病葉《わくらば》の落ちゐて右に傾《かたぶ》きぬ

＊病葉＝夏に赤や黄色に変色して朽ちる葉

二〇一三年

艶かに濡るる紫陽花《あじさい》死期知らず

窓越しに見ゆるは梅雨の空ばかり

干されある汗の病衣《びょうい》や一期《いちご》の夢《ゆめ》

＊一期＝一生

下闇《したやみ》にそびかれてゐるをとこかな

あぢさゐやまた今生《こんじょう》の朝迎へ

蛍《ほたる》とぶ常闇《とこやみ》の影重なりて

＊下闇＝夏に木が茂り影ができて暗い様子、木《こ》下闇《したやみ》

＊そびかれ＝誘われ

＊をとこ＝男

＊あぢさゐ＝アジサイ

＊今生＝この世

北邙《ほくぼう》の煙を虹の片根《かたね》とす

微衷《びちゅう》刺す藪蚊の声に親しめり

生者《しょうじゃ》はも夕焼《ゆやけ》の色に染まりけり

＊北邙＝墓地、埋葬地
＊微衷＝微意

綻《ほころ》びし網繕《つくろ》はず蜘蛛《くも》の生く

雲の尻ゆたかに張って梅雨明けぬ

荒布《あらめ》揺《ゆ》る杜《もり》を汚染の水侵す

＊荒布＝暖かい海で群生するコンブ科の海藻

馨《かぐわ》しき女人浄土《にょにんじょうど》やはまおもと

内股の汗ばむ夜半《よわ》のうつつかな

線量の高きを知らずかたつむり

＊はまおもと＝浜木綿《はまゆう》

カンダタに仔細はあらむ守宮《やもり》鳴く

日の丸の波不穏なる土用入《どよういり》

夏潮《なつしお》や墓標はなにも言はざりし

＊カンダタ＝犍陀多。芥川龍之介『蜘蛛の糸』で、地獄の底にうごめく罪人の一人
＊守宮＝壁や天井で小さい虫を食べる、ヤモリ

暑き日の家混《やご》みの空の崩れけり

顎髭を剃り残したる大暑かな

初蟬《はつぜみ》や屍《かばね》ひそかに運ばれし

*家混み＝家屋の立て込んでいる町

蟬啼《な》きて死《し》囚《しゅう》の刻《とき》のありやなし

空蟬《うつせみ》に荒亡《こうぼう》の夜を蔵《ぞう》しけり

蟬のこゑ秋津《あきつ》の鬼になれと言ふ

＊荒亡＝楽しみにふける
＊秋津＝日本

二〇一三年

残る日に縋《すが》り鳴きたる油蟬

人絶えし里に非理《ひり》なし蟬時雨

尽《すが》るまでみんみんのこゑ続きをり

＊非理なし＝道理にはずれたことをする

うつし世を余所目《よそめ》に生くる海月《くらげ》かな

風灼《や》くる避難の跡をご覧《ろう》ぜよ

ひまわりの壊れし建屋隠し得ず

炎天のなかに寂寥《せきりよう》忍び寄る

日盛りの焦慮《しようりよ》に利《り》なく行き暮るる

うき草の沈みし叛意《はんい》欺《あざむ》かず

風鈴を吊るししままに縛《ばく》せらる

嫌はるる毛虫の髭に有情《うじょう》あり

過《あやま》ちし胸中の滝響《とよ》み落つ

睦《むつ》びあふ眸《ひとみ》に映る火取虫《ひとりむし》

草茂り加害の日々の紛《まぎ》れなし

滴《したた》りて目今《もっこん》息を衝《つ》がしめぬ

＊火取虫＝ガ
＊目今＝目下、ただいま

意のままにならぬ行蔵夜光虫《こうぞうやこうちゅう》

秋隣《あきとな》る「月の光」の耳朶《じだ》にかな

ししおきのゆたかな蛇にありにけり

＊行蔵＝出処進退
＊夜光虫＝夜に海中で光る小さな原生動物
＊ししおき＝肉づき

最前の花火はすでに忘《ぼう》じけり
拒食する自裁《じさい》もあらむ夜盗虫《よとうむし》
昏《く》れ落ちてひとり伏し寝の夏去りぬ

＊自裁＝自死
＊夜盗虫＝夜に作物を食い荒らす、ガの幼虫

ゆく夏や一夜の血潮触れもせで

八月の沖縄はまた空重し

暁の夜着を掛け足す敗戦日

「英霊」を量り売する残暑かな

舟木弁護士と再会

白頭《はくとう》をともに指顧《しこ》せり魂《たま》まつり

八朔《はっさく》の空に一身詫びにけり

＊魂まつり＝盆の仏事
＊八朔＝旧暦の八月一日

ひとしなみ右に倒しぬ芋嵐《いもあらし》

秋の水鬼面《きめん》の裏を歪《ゆが》めしむ

隆替《りゅうたい》のごと朝顔の萎《しな》びけり

＊芋嵐＝秋に里芋の葉を大揺れにする強風

＊隆替＝盛衰

濤《なみ》あとの地の蒼茫《そうぼう》や赤蜻蛉《あかとんぼ》

螻蛄《けら》啼《な》きて旧故《きゅうこ》親しむ夜となりぬ

宇賀神寿一君が山谷で

をとこらの踊《おどり》に吾《わ》が句読みしとや

＊蒼茫＝広々としていること
＊旧故＝かねてからの知り合い

祝祭の後の破局やつくつくし

かなかなと啼《な》きかなかなと称せらる

死にしまま風に吹かるる秋の蝉

＊つくつくし＝ツクツクボウシ
＊かなかな＝ヒグラシ

死刑執行あり

月蒼く一片の雲過《よぎ》りけり

波の穂の夜に輝く葉月《はづき》かな

七夕《たなばた》の狭斜《きょうしゃ》に息を凝らしけり

＊葉月＝旧暦の八月
＊狭斜＝遊里

銀漢《ぎんかん》の渦のまなかの訃音《ふいん》かな

あさなさな自責重ぬる虫の声

秋の蚊の拗《す》ね者《もの》に仇《あだ》なしにけり

＊銀漢＝天の川
＊訃音＝訃報
＊あさなさな＝毎朝毎朝

まをとめの月明き夜にねびまさる
ぎす啼《な》くとくれなゐの雨など落ちむ
西瓜《すいか》食《た》ぶ刑死のことは考へず

＊まをとめ＝少女
＊ねびまさる＝美しくなる
＊ぎす＝キリギリス

担車《たんしゃ》押す女細腰《ほそごし》秋夕焼《ゆやけ》

還らざる者の無念や後《のち》の月

いにしへの孤愁に似たる鳥兜《とりかぶと》

＊担車＝傷病者を乗せて運ぶ台車
＊後の月＝旧暦九月十三日の月
＊鳥兜＝秋に濃紫の花を咲かせる有毒植物

運慶作「仁王像」

たうらうの競べてみたき力瘤《ちからこぶ》

とんぼうの影を墓石《ぼせき》に映しけり

水澄みて刹那《せつな》の記憶新たにす

＊たうらう＝蟷螂《とうろう》、カマキリ
＊とんぼう＝トンボ

ひとり乗る夜汽車の霧に呑まれゆく

なさぬことあまりに多し秋燕《あきつばめ》

ゴーゴリの世界ぞここは臭木《くさぎ》の実

＊臭木の実＝晩秋に美しい藍色に熟す

オスプレイ

沖縄は目に入れざるに月を愛《め》づ

桔梗《きちこう》の俯《うつむ》き吾も一揖《いちゆう》す

棋《き》布《ふ》のごと秋の野に散る水の面《おも》

＊桔梗＝秋の七草のひとつ、キキョウ

＊一揖＝軽いおじぎ

＊棋布のごと＝碁石を並べたよう

稲妻の募る悔悟を照らしけり

なにを啄《ついば》む椋鳥《むくどり》の貌《かお》暗し

ふたごころ抱く身揺らす野分かな

二〇一三年

木《こ》の実《み》降れ悪罵《あくば》浴びせる列の上《え》に

高楼の裏はまつくら鉦叩《かねたたき》

冷やかに秘事を刻みし肥後守《ひごのかみ》

＊鉦叩＝澄んだ声で鳴くコオロギ科の昆虫
＊肥後守＝折込式の小刀

堕ちむ時ちちろの声を聞かむかな

日を弾《はじ》き芙蓉菩薩《ふようぼさつ》となりにけり

雲ひとりいづちに向ふ真葛原《まくずはら》

＊ちちろ＝コオロギ
＊芙蓉＝初秋に淡紅の花をつけるアオイ科の木
＊いづち＝どちら
＊真葛原＝大形多年草の葛などが茂る野原

凛然《りんぜん》と寂《さび》れし里のななかまど

流れ星北の濃闇《こやみ》を一文字

踏み出さば紅き微塵《みじん》や彼岸花《ひがんばな》

---

*ななかまど＝晩秋に紅葉し、真っ赤な実も美しいイバラ科の落葉樹

*彼岸花＝曼珠沙華《まんじゅしゃげ》、炎のように真っ赤な花

息《いき》の緒《お》を奪ひてしるき烏瓜《からすうり》
人外のひとに優しき断腸花《だんちょうか》
おろかなる者の宵闇深かりぬ

＊息の緒＝命
＊しるき＝著《いちじる》しい、はっきりしている
＊烏瓜＝夏にレースのような白い花が咲き、晩秋に真っ赤な実に熟すウリ科の多年草

風受けて萩の深山《みやま》と言ひつべし
さをしかの遠き目をして啼《な》きにけり
月の雨ひとの匂ひの被《かぶ》さり来

＊さをしか＝小牡鹿、男鹿

亡き人は臥《ふ》せり木槿《むくげ》の背は高し

己《おの》が死を悟る鰯《いわし》のありやなし

八州《はっしゅう》を通り過ぎたき渡り鳥

＊木槿＝白や赤紫の花をつけるアオイ科の落葉低木
＊八州＝日本

対岸に手の届かざり台風来《たいふうく》

紅葉《もみじ》してほかの紅葉と争はず

仇野《あだしの》の果ては花野に連なりぬ

＊仇野＝墓場

後れ毛の影の震へや蔦紅葉《つたもみじ》

ヴィオロンの弦の止まりてそぞろ寒《さむ》

藪沢《そうたく》をいくそ渡りて雁来《かりきた》る

*蔦紅葉＝紅葉する、ブドウ科の落葉つる性木

*ヴィオロン＝バイオリン

*藪沢＝藪《やぶ》や沢

*いくそ＝幾十、どのくらい多く

かりがねの空の蒼さを運びけり

うつろなる腑《ふ》のくらやみや魂送《たまおくり》

道行《みちゆき》の栞《しお》りなしたる秋蛍

＊かりがね＝雁、ガンカモ科の鳥
＊魂送＝盆の最終日に祖霊をあの世に送り返す
＊道行＝駆け落ち

長き夜の生死《いきしに》の間を移るかな

狭霧《さぎり》湧く駅に待たるるのどぼとけ

秋草のそこひに悲哀《ひあい》埋《うず》めけり

＊狭霧＝霧
＊そこひ＝はて、極めて深い底

秋の日に透《す》きてひとりをむなしうす

秋風の募りて酸素足らざりぬ

月白《つきしろ》や残さるる日を恃《たの》みとし

＊月白＝月が出はじめ、ほの明るくなる

野葡萄《のぶどう》の日に照り映えて隠れなし

暗黒の天に向ひて葛《くず》の蔓《つる》

邯鄲《かんたん》やどこまで続く廃田圃《はいたんぼ》

＊邯鄲＝細長くて淡い緑のコオロギ科の虫

しろがねの芒《すすき》異界に靡《なび》きあり

柿ひとつ真闇《まやみ》の底に堕ちにけり

人ならぬ身に惜しみなき秋日和

＊しろがね＝銀

われもまた穴まどひにてござ候

風騒ぐ夜に秋思《しゅうし》の沈石《しずめいし》

橋むかうにも秋天の続きをり

＊沈石＝大部分を埋めて、一部だけ表に出した庭石

古里の原に鶴唳《かくれい》三つ四つ
今生《こんじょう》の日を撥《は》ね返す照紅葉《てりもみじ》
芋虫の無骨なれどもいくぢあり

＊鶴唳＝鶴の鳴く声
＊今生＝この世
＊いくぢ＝意気地

看護師の目許まぶしき獺祭忌《だっさいき》

露宿《つゆやど》す獅子の鬣《たてがみ》戦《そよ》ぎけり

秋夕焼《あきゆやけ》墓碑の表を赤らめぬ

＊獺祭忌＝正岡子規の命日、九月十九日

二〇一三年

いとど跳び指の先から昏《く》れゆけり

身にしむや紐の截《た》たるるまくらがり

添ふ影を夜寒《よさむ》の袖に収めけり

＊いとど＝カマドムシ
＊まくらがり＝真っ暗闇

どんぐりの零《こぼ》れこだまの転《まろ》びゆく

冬隣《ふゆどなり》胸の鱗《うろこ》を磨きけり

小春日《こはるび》の奥に仕舞ひし涙壺

＊冬隣＝冬の到来が感じられる晩秋の頃
＊小春日＝立冬を過ぎてから春のように晴れて暖かい日

二〇一三年

塩辛き時雨《しぐれ》に濡れて消えゆくか

掻撫《かいなで》の眉間《みけん》皺より雪蛍《ゆきほたる》

凍雲《いてぐも》の墓田《ぼでん》に影を点綴《てんてい》す

＊掻撫＝皮相な知識を持つだけで、本質を極めていないこと
＊雪蛍＝雪虫
＊墓田＝墓地

海底の山谷《さんこく》渡る鯨かな

冬天《とうてん》を負ひ切岸《きりぎし》の端に立つ

伏してなほ背《せな》の重たき枯尾花《かれおばな》

＊冬天＝冬の空

＊切岸＝切り立った険しい崖

＊枯尾花＝冬場に枯れたススキ

坑道の闇の脹《ふく》らむ霜《しも》の朝

冬に入る幾山河《いくやまかわ》を越え来たり

水《みず》掻《か》きがあればと思ふむじなかな

＊むじな＝タヌキ

日の差して死出《しで》の明るき冬木立

落葉敷くアイヌ・モシリに父母の墓

凍蝶《いてちょう》の翅《はね》に気負ひのなかりけり

*凍蝶=冬に寒さで凍えたようにじっとしているチョウ

冬青空《ふゆあおぞら》一条の傷深かりき

木枯《こがらし》や連れて帰らぬいのちたち

冬ざれの天に拳《こぶし》を突き上ぐる

＊冬ざれ＝見渡す限り冬の荒れさびた景色

狼のこゑ塵中《じんちゅう》に渡りきぬ

せつかちな疾風《はやて》逃ぐるや木《こ》の葉髪《はがみ》

しののめの死の燦爛《さんらん》と樹華《きばな》咲く

＊塵中＝俗世間

＊木の葉髪＝冬の抜け毛を落葉にたとえた、わびしい季節感

＊しののめ＝明け方

＊樹華＝樹氷

枯野ゆくひとり憤怒《ふんぬ》を携《たずさ》へて

鷹《たか》の目は吾を微細に映しけり

霜柱《しもばしら》踏みてこの世の人となり

寒濤《かんとう》の芒《のぎ》崩れ落ち処刑なす

枯葉掻《か》くごと員数《いんずう》を除きけり

疎《まば》らなる葬《はふ》りの列や霰《あられ》散り

＊芒＝針のような突起

咳ひとつこぼし看守の遠ざかる

寒木や光陰の束《たば》収めては

そこばくの望みやあらん冬の蠅《はえ》

＊そこばく＝いくらか

冬凪ぎて猫の差し足無音なり

茶花咲く天地《あめつち》に瑕疵《かし》遁《のが》れなし

刈田風《かりたかぜ》巻いていさよふ冬薔薇《ふゆそうび》

＊瑕疵＝きず、欠点
＊刈田風＝稲を刈り取った後に吹く風
＊いさよふ＝たゆたう
＊冬薔薇＝寒い中で鮮やかに咲いたり、開ききらない薔薇のつぼみ

二〇一三年

残る虫瀬越《せご》しの刻《とき》を耐へにけり

一瞬の光芒《こうぼう》過《よぎ》る冬の海

霙《みぞ》るるやまたも手紙に墨塗られ

＊瀬越し＝川の早瀬を越す、困難を乗り切る
＊光芒＝光の穂先

荒《すさ》む世に月冴え冴えと浮かびあり

軒濡れて身《み》ぬちにづくのこゑ響く

悴《かじか》みて切所《せっしょ》の茜立ちにけり

＊身ぬち＝身のうち
＊切所＝山道などの難所

蒼氓《そうぼう》の枯れて国家の屹立《きつりつ》す
むささびの峰頭《ほうとう》ゆくは一己《いっこ》たり
冬の日の影従へて九段坂

＊蒼氓＝人民

逝《ゆ》く年の悲風《ひふう》纏《もつ》れて至りけり
冴ゆるまで過《あやま》ちの悔《くい》夜を占《し》む
浅はかなおのれ恥じ入る枯《かれ》はちす

＊はちす＝蓮《はす》

二〇一四年

病より右傾案ずる去年今年《こぞことし》

初明り苦海《くかい》の汐《しお》のひとところ

初便り反原発の念《おも》ひ充《み》つ

＊去年今年＝一夜明ければ昨日は去年、今日は今年という移り変わり、新年への感情

＊苦海＝苦界

三日はや空の翳《かげ》りてきな臭し

風立つとにほひ形《かた》なす水仙花《すいせんか》

差し入れの文字鮮やかに寒見舞

ミナミさん

＊にほひ＝匂い
＊水仙花＝ヒガンバナ科のスイセン

軒氷柱《のきつらら》哀しみの蒿殖《かさふ》やしけり

癌を飼ふ身を寒中に晒《さら》し置く

目の冴ゆる寒夜《かんや》のなんと長きこと

翳《かげ》りゆく路地に声なく春を待つ

雲厚く戦機いやます春来る

蒼《あお》ざめし馬淡雪《あわゆき》を駈け抜けし

薄氷《うすらい》を茜の空に染めにけり

余寒なほ股《もも》に残りし注射跡

啓蟄《けいちつ》の肩より寒さ傾《なだ》れけり

＊薄氷＝春先に寒さが戻って張る薄い氷

三・一一震災から三年

春疾風《はやて》水漬《みづ》きしこゑの哭《な》き募《つの》る

三月の記憶巌《いわお》の如《ごと》く憂《う》し

一眠りして霞《かす》みたる離別かな

袴田巌さん出獄

ほしいまま総身《そうみ》に浴びよ春夕焼《ゆやけ》

紅梅やいづち向かふか道の空

生きながら朧《おぼろ》の闇を纏《まと》ひけり

＊いづち＝どちらへ

沈丁《じんちょう》の潤《うるお》ふ夜の撓《たわ》むかな

過《あやま》ちは陽炎《かげろう》の立つ辺《へ》に著《しる》し

亀啼《な》くやたぶるる日々を抱きては

＊たぶる＝狂う

永《なが》き日の薬袋《やくたい》の影重なりぬ

初花《はつはな》を待つや夜更《よふ》けに一人座し

反骨の人こそ出づれ花の下

＊永き日＝日永《ひなが》、春分から少しずつ伸びる昼の時間

照《て》り映《は》ゆる桜の幹の冷たさよ

今のいま春曙《あけぼの》の来たりけり

「毎年よ彼岸の入りに寒いのは」正岡子規

当年も風雨の花を散らしけり

死の覚悟求めて止まず花の雨

沈没を無為《むい》に見てゐる四月かな

韓国珍島

流氷の底にあしたの息吹きけり

風騒ぎ藤は此岸《しがん》を隔てたり

春愁や巷《ちまた》に充《み》たぬ反戦歌

両岸の淵の淀みやさみだるる

---

*此岸＝この世、こちら側

憲法に卯《う》の花腐《はなくた》し頻《しき》るなり

麦秋の恥を知らざるかたちかな

「何をしていた蛇が卵を呑み込むとき」　鈴木六林男

一身に蛇の眼《まなこ》と対《むか》ひけり

＊頻る＝たび重なる
＊麦秋＝五月下旬の麦の取り入れどき

草茂る奥に無人の瓦屋根

坂道を転げ落ちたる蟬《せみ》の殻

昏《くら》き日を今日も生くるや山椒魚《さんしょううお》

継ぎたせるいのちの宿る夏至《げし》の夜
火蛾《かが》湧きてたぶるる闇を同じうす
時移り縁《えにし》は消えぬ夏薊《なつあざみ》

＊火蛾＝ガ、火取虫
＊夏薊＝夏に咲くアザミ

二〇一四年

雷鳴のなか踏み越ゆる境界線

存《なが》へて積み増す恥やなめくぢり

五月雨《さみだれ》の音懈《たゆ》き身に馴染《なじ》みけり

＊なめくぢり＝ナメクジ
＊懈き＝元気のない

ひだるさにひとり水呑《の》む夏暁《なつあかつき》

蝙蝠《こうもり》の澪《みお》なし過《よ》ぎる路地の辻

あぢさゐのよべの雨にて色付けり

＊ひだるさ＝空腹、ひもじい

＊よべ＝ゆうべ

汚染土の袋壁なす梅雨しげし

軍艦の錨鎖《びょうさ》揺振《ゆさぶ》る一己《いっこ》の鵜《う》

守宮《やもり》哀し家居《いえい》の根太《ねだ》の腐りては

---

*しげし＝続く
*家居＝住居

人知れず柩押《ひつぎお》し遣《や》る五月闇《さつきやみ》
囚人に紫陽花《あじさい》色を尽さざり
濁流のすゑは茜の野辺送り

*すゑ=末

国境の砲煙渡る虹まろし

暗闇の揺れて蛍《ほたる》の炎《ほむら》立つ

ちりぢりに闇路残して梅雨明けぬ

雨の日の匂ひを厭《いと》ふ灸花《やいとばな》

雲流れとうすみ蒼《あお》き矢となれり

癌告ぐる文届く日や夏果《は》てぬ

＊灸花＝山野に自生する
　ヘクソカズラ
＊とうすみ＝イトトンボ

秋立つや虚実の際《きわ》を徘徊《はいかい》し

ぞろぞろとなほぞろぞろと敗戦日

残る日を足掻《あが》いてみするつくつくし

縮みゆく残《のこん》の月の明日知らず
秋風の立ち悔恨の溢れけり
木守柿《きもりがき》縹《はなだ》の空のなかにかな

＊残の月＝まだ残っている月
＊木守柿＝最後まで枝に残った柿
＊縹＝薄い藍色

紅葉《もみじ》せるその裏側も紛《まぎ》れなし
瓢《ふくべ》みな形《なり》の違ひてよかりけり
冷《すさ》まじや「ユーモレスク」のよもすがら

＊瓢＝ヒョウタン
＊冷まじ＝秋冷がつのる
＊よもすがら＝一晩中

霧のなか釘打つ音の響きをり
小牡鹿《さおしか》やわが死後もまた啼《な》くべかり
はなやげる錦木《にしきぎ》託《かこ》つ厨《くりや》ごと

＊小牡鹿＝男鹿
＊錦木＝美しい紅葉

振り向かば廊下のさきは秋夕焼《ゆやけ》

皺《しわ》深く種いきいきと唐辛子

夢に侘《わ》び目覚めて肩の冷ゆるかな

野伏《のぶせ》りとちちろの夜を分けにけり
おのが闇深くひろごるかまどむし
あきつ殖《ふ》ゆ反原発のデモの後

＊野伏り＝野宿者、山賊
＊かまどむし＝カマドウマ科の昆虫
＊あきつ＝トンボ

支《ささ》へたる余喘《よぜん》の丈《たけ》や虫の声

遠方《とおじ》より鯨波《とき》を合はせて曼珠沙華《まんじゅしゃげ》

秋雨の濡れし山河をひた濡らす

＊余喘＝絶え絶えの息
＊鯨波＝合戦の初めに発する声

噴煙の猛《たけ》る木曽路の露深し

夜寒《よさむ》さの身の水量《すいりょう》を減らしけり

身にしむや辻に惑ひしふくらはぎ

見つべきをあまた残して雁渡《かりわた》し

鉦叩《かねたたき》ただ一声《ひとこえ》に執《しゅう》しけり

燕雀《えんじゃく》の性根は勁《つよ》し芋嵐《いもあらし》

＊雁渡し＝旧暦の八月頃に吹く北風
＊燕雀＝ツバメやスズメ

芒原《すすきはら》左も右も行き暮れぬ

白頭《はくとう》のいづこにて啼《な》く秋の蟬

狭霧《さぎり》立つ鉄条網のなか明かし

台風《たいふう》来《く》纏《まと》ふ病衣を重くして

ゲバラ見し野戦の月の翳《かげ》りをり

「星月夜チェも疲れては見上げたろ」　響野湾子

柿紅葉《かきもみじ》不揃ひにして照り映ゆる

鎮《しず》まれる真夜《まよ》に弾《はじ》くや辛夷《こぶし》の実
頰桁《ほおげた》をひそと風刷《は》く今朝の冬
空風《からかぜ》の舐《ねぶ》りてゆける垂るるもの

セシウムの記憶薄れし神無月《かんなづき》
たはやすき他界の夜を超えにけり
裸木《はだかぎ》に三羽の影や逢魔《おうま》が時《とき》

＊神無月＝旧暦の十月
＊たはやすき＝たやすい
＊逢魔が時＝夕方

ひたぶるに詫ぶれど晴れぬ時雨《しぐれ》かな

マスクしてかぐろき身をば曝《さら》け出す

寒月光《かんげっこう》沖に手足を誘《そび》きをり

＊かぐろき＝黒い

極月《ごくげつ》の波音ばかり浮かびけり

残る虫連なる房《ぼう》の隅にかな

狐火《きつねび》に墓標顕《あら》はれきたりけり

＊狐火＝鬼火、狐がともすといわれる燈火

木枯《こがらし》や越境の途《と》を身ぬちにし

今生《こんじょう》の冬日を胸に受けんとす

戦争を秘むる師走の選挙かな

ノッカマップに散り敷く枯葉群れ立てり

冴ゆる身を皮一枚に包みけり

大地凍《い》つかりそめの身の朽《く》つるまで

＊ノッカマップ＝北海道・根室湾の岬、蜂起したアイヌが和人に虐殺された地

冬の月詫《わ》ぶる四壁《しへき》の絶え間より

刑死なきおおつごもりの落暉《らっき》濃し

年の夜の睡眠薬を減らしけり

＊おおつごもり＝大晦日
＊落暉＝夕日、落日
＊年の夜＝大晦日の夜

二〇一五年

次の世と見紛ふ時や寒茜《かんあかね》

風なぶる枯木に生《あ》るる息根《いきね》かな

梟《ふくろう》の眠りうかうか四十年

＊息根＝いのち

笹子《ささご》鳴く残る日数《ひかず》を急《せ》き立てて

鷹《たか》たるを怙恃《こじ》せる一羽天にあり

凍蝶《いてちょう》の月の光に揺らぎけり

＊笹子＝冬場、笹原などにいるウグイス
＊怙恃＝たのみとする

狼の吠《ほ》ゆる転瞬《てんしゅん》星移る

汚されし海にうるめの群りぬ

冬の雁《かり》こゑをひとつに渡りけり

＊転瞬＝またたく間
＊うるめ＝ウルメイワシ

なんの夢見し寒鴉《かんがらす》地に臥《ふ》せり

尊《たっと》ぶは倭《やまと》ばかりや冬ざるる

底冷えの灯《あかり》ともしき身のほとり

霰《あられ》打つ柩《ひつぎ》の奥を川流れ

大寒の握らるる手の温《あたた》かし

皮一重《ひとえ》雪の波頭を漂ひぬ

海鳴《うみなり》や枯野は黄泉《よみ》へ続きけり

日の丸の揺れて戦時の貌《かお》となる

囚《とら》はれし土漠《どばく》照らすや冬三日月

人質見殺し

回教の地を黒く染め寒明けぬ

まならの覚え色なし丁子《ちょうじ》の香

人死にし夜《よ》に芽の出《い》づる青柳

＊丁子＝ジンチョウゲの花

梅が香や山谷・川崎・釜ヶ崎

薄氷《うすらい》の割れて開戦前夜かな

春浅く闇に濃闇《こやみ》の広ごりぬ

ほの明かき余命の裏《うち》に亀啼《な》けり

猫の恋雨の匂ひとともに消ゆ

啓蟄《けいちつ》やみな心中《しんちゅう》に狂気秘め

はや四年春濤《しゅんとう》のただ寄せ返る

水の辺に流す雛《ひいな》の黙《もだ》をりて

春光の海底《うなぞこ》に待つ死者の魂《たま》

原発のなかりせばのどけからまし

春月《しゅんげつ》や未生《みしょう》の闇の慕《した》はしく

風立ちて韓紅《からくれない》の木の芽かな

塩漬けの葉の香よろしき桜餅

春雨《はるさめ》の犬の匂ひを強くしぬ

米国に黒豹党ありし

狼も豹《ひょう》も朧《おぼろ》となりにけり

料峭《りょうしょう》の地に赤丸の旗垂るる

鳥帰る日の脊柱の疼《うず》きけり

監獄の燈火《ともし》とせしはいぬふぐり

＊いぬふぐり＝るり色の小さな花で獄中に春を告げるゴマノハ科の草

二〇一五年

引札《ひきふだ》の色とりどりに鳥交《さか》る
亡き人の無名哀しき弥生かな
差別なき世を夢にしも冴返《さえかえ》る

＊引札＝ちらし

薄明の辺《べ》に動かざる春の闇

すぐ消ゆる存念ならば春の暮

雲中菩薩像
いくたびの禍事《まがごと》を経し彼岸かな

蛇穴を出で汚染土に阻まるる

霞《かす》む沖珊瑚《さんご》の苦鳴《くめい》響きをり

抗《あらが》はぬ民と侮る春の潮《しお》

花冷えの未来に遺《のこ》す汚水かな

滞る廃炉はるかに帰る雁《かり》

虻《あぶ》の翅《はね》浜に花粉を振ひけり

二〇一五年

目借時《めかりどき》ただ一人《いちにん》の唸りこゑ

里若葉道ゆく人のなかりけり

薫風裡《くんぷうり》亡びの兆し孕《はら》みをり

＊目借時＝蛙《かわず》の目借時、眠けを誘われるような春の時候

水馬《あめんぼう》描く容《かんばせ》消え残る
蛍火《ほたるび》の朽ちゆく時を象《かた》なせり
荷風見しマロニエの花かも知らず

＊容＝顔
＊象＝きざし、形にあらわす

亀の背に雨打つ音や更衣《ころもがえ》

雨滴押す蟻《あり》の手足《しゅそく》に力みなし

五月雨の身の諧調《かいちょう》を懈《たゆ》くせり

をさならの声わらわらと梅雨晴間

黴《かび》とこそ見ゆるものあり拭ひけり

深更《しんこう》の看守呼ぶこゑ梅雨寒し

あとがき

すべて病舎で詠んだ句です。体調に波があるため、時系列に並べた句数にはばらつきがあります。一日に十数句を詠むことがある一方で、一週間に一句も詠めないことがあるからです。

また一般の独房も同じようなものですが、病舎は風景から隔絶され、天気の良し悪し程度しかわからないので、死刑囚である私が作句を喚起されるものと言えば加害の記憶と悔悟であり、震災、原発、そして、きな臭い状況などについて、ということになるでしょうか。

思惟的と称するには浅い句に終始してはいないか、との虞れがないではありませんが。

最後になりますが、本句集も辺見庸さんの強い後押しで上梓の運びとなりました。また、解説を引き受けてくださった福島泰樹さん、太田出版の落合美砂さんのお手を煩わせました。心から感謝を申し上げます。

二〇一五年　葉月

東京拘置所在監　　大道寺将司

初出

大道寺将司くんと社会をつなぐ交流誌「キタコブシ」

季刊俳誌「六曜」

大道寺将司 だいどうじ・まさし

一九四八年生まれ。東アジア反日武装戦線「狼」部隊のメンバーであり、お召し列車爆破未遂事件（虹作戦）及び三菱重工爆破を含む三件の「連続企業爆破事件」を起こし、一九七五年逮捕、一九七九年東京地裁で死刑判決、一九八七年最高裁で死刑が確定した。二〇一〇年に癌（多発性骨髄腫）と判明、獄中で闘病生活を送っている。著作に『明けの星を見上げて』『死刑確定中』『友へ』『鴉の目』『棺一基』がある。

残《のこん》の月　大道寺将司句集

二〇一五年一一月二五日初版発行

著者　大道寺将司
ブックデザイン　鈴木成一デザイン室
編集　綿野恵太
編集協力　大道寺ちはる
発行人　落合美砂
発行所　株式会社太田出版
〒一六〇-八五七一　東京都新宿区愛住町二二　第三山田ビル四階
電話〇三-三三五九-六二六二　FAX〇三-三三五九-〇〇四〇
振替　〇〇一二〇-六-一六二一六六
WEBページ http://www.ohtabooks.com/
印刷・製本　株式会社シナノ
ISBN978-4-7783-1485-9 C0092